五行歌集

備　忘　録

MEMORANDUM

佐々木 エツ子

Sasaki Etsuko

そらまめ文庫

備忘録　MEMORANDUM　目次

青嵐　5
味見の皿に　13
白い花びら　19
3・11　25
ランドセルは玉手箱　41
タラの芽のてんぷら　47
恋侘び　53

侘助ひとつ　61
新しい、思いの歌　67
鯛で海老を釣る　75
「死」は「命」の完成　81
金　星　89
深海の難破船　101
跋　草壁焰太　125
あとがき　130

青嵐

37回忌　13回忌
ライフラインを止めて
荒廃を続けた
家のなかは
凄惨

オトウサン
オカアサン
ゴメンナサイ
応えは
霊気のような冷気

掌を
ひらいて
人生の
交差点を
診《み》る

御先祖さまの遺影
暗闇に並び
仏壇は
ネズミや昆虫の
棲家

ざわざわ
ざわざわ
風が立って
廃屋は
雨月物語の世界

居たたまれず
振り返ると
父の愛したカエデの古木
逆光のなか
修験者さながらに

弟は寺の墓所に
草取りに来ては
霊たちに
詫びつづけ
「もういいよ」と言われた

密林のように
なってしまった庭
祖母の自慢だった
丸く刈り込んだ
キャラは大木に

庭には
画材になる
椿　ボケ　ツツジ
サザンカ　ネム
向日葵　芙蓉　百合

オレは夏が好きだ
父は80過ぎまで
「トヽモヽコヽロヽシ」と
幼い孫を喜ばせて
家庭菜園を楽しんだ

麦わら帽子に
浴衣がけで
大好きな夏は
早朝スケッチに
余念がなかった

信夫の山々の
眺望はいっさいない
甘い香りに包まれ
通学した梅林は
宅地に造成されていた

故郷の
家終い
墓終いして
胸にステント
弟よ　先に逝くな

味見の皿に

味見の皿に
涙ひと粒
亡夫に
ポンと
肩たたかれる

病院から
震える指で
妻に声聞かせた
亡夫のケイタイ
未だ処分できず

死んだ人は
記憶の器のなかで
日に日に
別人格になるのか
浄化重ねて

夫の墓所
遠来の友と
50年分の話
曼珠沙華
もえたつ

忘れていた
レモンの香り
あれは
ジンフィズだったか
結婚を決めた日

寝覚めの刻
おや　懐かしい
夫の寝息
いや　この家には
私ひとり

秋は
体温を
失った
白い頭蓋の
骨運んでくる

女を海に
譬えるけれど
男の貴方が
海でした
さしずめ　私は海猫

白い花びら

大はしゃぎ
ピンクの歯茎に
白い花びら
4枚
いのちまぶしい

キレイな保育士さんから
離れない坊や
ママのジェラシイ
若作りしなきゃ
嫌われる　ばぁば

大きな
青いメガネ
はなまる賞だって
ばぁばは
こんな顔してるんだ

ママは
チンコないよ
ばぁばは？
2歳児の発見
つづく

おヘソはね
ママとつながっていた
とこなんだよ
お腹にいるときにね
坊や　目をパチクリ

玩具売り場には
魔ものが棲んでいる
長居は無用
財布が空になる
坊や　泣かないで

幼い孫達と
シリトリ
驚いた
沢山のボキャブラリー
テレビか教育か

孫たちの
足の長さ倍になって
亡夫への執着
ようやく
2分の1に

3・11

２０１１・３・11
午後２時46分
Ｍ9.0の大地震と
32メートルの大津波で
東日本太平洋岸は
一変した

乱雑に積まれた
書籍落下
長時間の激震で
呆然自失
ライフラインの停止

大雪をやり過ごしても
早春は氷点下の寒さ
着の身着のままの
二晩
唯一の救いはラジオ

電気復旧
テレビ見て衝撃
攻撃を受けた
戦場さながら
仙台の娘に思いを

原発の安全神話は
脆くも崩れ
放射能からの難民
日本は何を学んだのか
原爆の悲劇から

青い空と海
平和な普通の生活…
一枚めくると
瓦礫の光景
子どもの頃の怖い紙芝居

沿岸300キロ
60パーセントの被害
2万ヘクタールの
農地浸水
避難民20万

ダブルパンチの
福島に心痛む
ベクレルやシーベルトに
一喜一憂する毎日
原発事故はレベル６に

群発する余震
「緊急地震速報」は
少女の日怯えていた
「空襲警報」と
重なる

津波は最大
大船渡の綾里では
30・1メートル
宮古市では38メートル
未来に防災策はあるのか

死者行方不明者
3万人以上
一瞬で人生暗転
すべて失った人々の
途方もない「喪失感」

地球物理学的
「地殻変動」だけでなく
価値観や発想の
大転換が
不可欠になるとき

あれだけの人数の
避難所を訪問して
熱い心を届けた
ラーメン義援隊
若者達の優しさ

泥に汚れた卒業証書
災害から
途方もないもの学んだ
君たちはきっと
新しい未来を拓くだろう

国中の人々が
世界中の人が
優しく涙もろくなっている
絆を信じて　強くなろう
新しい月が始まる

ダブルローン
還暦間近の
他職種の技術習得…
失業10万人余り
これからの悲劇

震災3年
レプリカになる前の
一本松の接ぎ木が
40センチになったという
7万本の再生を見たい

積みあげられた
夥しい黒い袋
髑髏の行列のよう
途方もない核の
ゴミの始末

十万億土からは
どう見えるだろうか
あの八月の「核」にこりて
まだ「核」にたよる
日本

石割桜が
咲き始めた
大津波にも残った
高田松原の
一本松を想う

陸前高田には
一本桜もある
懸命に咲いていた
養殖カキの
残骸をからませて

キラキラ光る阿武隈川
梅林を通り抜ける小路
山の端にかかる三日月
父母の故郷は
今　原発事故に喘ぐ

水無月の
束の間の光りに
遠い連山うかぶ
これも津波に見える
悲劇の年

原発の事故から６年
甲状腺ガン
静かに増えている
若者たちは
夢を描けるか

津波が攫った
人々の夢
夏草は何を語るか
そ知らぬ顔の
青い海

逆縁の
抉る悲しさ
子等への
贖罪の海は
青く　静か

あの日亡くした
家族への
熱いメッセージ
静かな川に
白鷺一羽

※データ（数値）は震災発生当時のものです。

ランドセルは玉手箱

「おげんき
かすで」？？？
4才の孫の初手紙
うれしいけど
返事何て書こうか

友くんの
背中いっぱいの
ランドセル
玉手箱のように
夢を詰めてね

0才からママに背負われ
駅の階段昇り降り
ランドセル姿に
キオスクのおばちゃん
涙ぐむ

小2の孫の
短冊が出るという
ばぁばは
五行歌で競作
商店街の七夕まつり

モアライス？
ノーサンキュー
4年と2年の
食卓での英会話
小学校も頑張っているんだ

「ばぁば」は
赤ちゃん言葉だよ
小学生の孫に言われる
でも「おばあさん」…
あまり好きでないな

山中湖で900メートル
走破した5才
盛岡で　さんさを
踊りきった小3
喝を入れられた

英語を教えている
中学生の男孫
まだ　ばぁばにハグする
テイクグッドケア
と　いって

娘たちの
七五三の着物を
手放そうと思った日
嫁の受胎告知…
3人目も男の子

久し振りに聴く
新生児の声
甘く
切なく
心地よく

タラの芽のてんぷら

タラの芽の天ぷら
塩をぱらり
苛立つことあったが
平穏に感謝し
グラスを傾ける

酒と艶話で
過去を
食べ尽くす
春の宵
しがらみ忘れて

天国でも
絵を描いていますか
オトウサン
芙蓉が
咲きましたよ

節分の空は
悲しい青
中東に続いている
後藤さんが
最後にみた宙は？

彼岸の乱れ雪
嫁のお母さん
ゆき子さん
逝く
即身仏のように

屋根まで伸びた
形見のムクゲ
見上げれば
千の姑の目が
私の心を見透かす

目に青葉
山ホトトギス
さあ　初鰹だ…
その時　テレビに
映るアニサキス

風が置き忘れた
朽ち葉　一枚
トタン屋根で
焼かれている
真夏の昼下がり

雨のように
降り落ちる
錦木の葉
胸の奥にも
紅い残像

冷蔵庫のなかで
ひっそり咲いた
菜の花
なにか寂しい
その黄色

恋侘び

それは
不意に
落ちてくる
感電のようなもの
止《と》められない

郵便局のかえり
自転車おりて
微笑んでくれた
その時から
その人との恋が

貴公子のような
横顔
すらすら訳す
論文
一年だけのお付き合い

ふと　心が
通じた仲
その人の偲ぶ会
妻と娘の視線に
たじろいだ

恋愛体質
でも
ひとりひとりに
おお真面目
疾しいものはない

会う予定の
未知の人のこと
モーツァルト
聴いているように
楽しんでいる

亡夫そっくりな
降って湧いてきた
その人の温もり感じる
笑顔に
魅かれた

もう　こんなこと
無いと思っていた
大事に育てよう
おたがいを
高めながら

降りしきる
牡丹雪…
雪女ならぬ
雪男　出ないか
冬物語の伽《とぎ》に

埋み火が
枝炭に扶けられ
熾《おき》火になり
灰になるまで
燃えつきる

歌が　ほろほろ
生まれて
恋侘び
ありがとう
そして　お詫びも

侘助ひとつ

しゅんしゅんと
釜の湯
昨日の事は
忘れよう
山ボウシの白さ

稽古じまい
備前の花入れに
侘助ひとつ
素直になれる
ひととき

結び柳に
円相の軸
琵琶床のびわ
友へ　悲しみの
供茶をする

仙台平の袴
捌きも鮮やか？
伝統復活か
シニアの殿方ばかりの
微笑ましい茶席

三つ違いの妹
麻疹で枕を並べ
茶も歌も真似し合い
共に夫に死なれ
八十路を生きている

野点の
ご馳走は
若い娘の笑顔と
睡蓮とそよ風と
メタセコイア

殺伐とした
世界の動き
束の間の安らぎ
釜の湯のたぎる音
宗旦ムクゲ

時と人との
ヒートアップ
一日のラッシュ
茶を点てて
心しずめる

3連続日の
資格者のための
講座
茶の湯という
途方もない文化

美とは
お墨付きと
金子とで
所有する
お宝なのか

新しい、思いの歌

言葉を
教えてきて
半世紀
ロジックの乱れ
言い訳できない

奥行きが
無限に広がる
歌に出会う
技巧なのか
閃きなのか

事実と
虚構が
綯い交ぜで
想いがあれば
歌になる

時折
自分を
見失う
言葉の海に
呑まれて

哲学的でも
文学的でも
無くなった頭の中は
一面の
浅茅が原

表現者の
端に連なって
初めて気が付いた
評論家という人の
傲慢さを

美酒か
宝石か
五行歌25年
歌人達の姿は
己への鞭か

半世紀前に
教えた乙女たち
今　再会して
同窓会のような
五行歌講座

赤点つけられた
生徒の気持ち
思い知らされる
どんじりの得点
ウタの会

啄木を
にわか勉強
家に　時代に
自分に
共に疼いた

詩歌の
新しい伝統を
日々刻む
一人であること
心ときめく

鯛で海老を釣る

海老で鯛でなく
鯛で海老を　釣っている
ような
毎日
万事につけ

未来という宝を
袋いっぱい詰めて
大見得切ってきたが
袋の軽さに気づく
八十路になって

節くれだって
皺のよった
手
じっと眺める
長い長い夢のあと

一歩一歩
天国へか
地底へか
今　踊り場で
自己主張している

年金が入って
口紅を買った
綺麗なバラ色
せめては
秋の美術館へ行こう

頭を空にして
何もしたくないと
思うとき
何もしないあとの
恐怖が襲う

ビールを友に
シシャモに恵方巻き
ひとり炬燵の夕べ
話し相手が居れば
鬼でもいい

葬儀場の
内覧会
妙に落ちついて
自分の告別のとき
描いている

美顔パック
何枚　剥がせば
穢れない
素《す》
取り戻せるか

驚き
悲しさ
平凡という
軟膏に癒され
感性の角質まで失う

「死」は「命」の完成

抜け殻に
少しずつ
細胞の核が
出来てくる
心の啓蟄

悪性リンパ腫の
知人
一時退院
なおひと夏
なおひと冬

※4〜5行は、リルケより

汗をにじませて
患者の足を洗う
初老のボランティア
癌病棟の午後
優しいひととき

あの大津波で
自宅も作品の油絵も
流されて
難病に拍車…
寒波の朝　親友の訃報

人のために
燃えつき
病魔に挑みつづけた
歌友が逝く
春の嵐のように

20年あまり
通勤した路線
逝った同僚たちの
笑い声がして
秋深まる

遺り残したことを
数えるのは止めよう
災害の地で逝った
友の無念を糧に
今日の仕事を

半年前の
やんちゃな乙女たち
白い鳩の群になって
一斉に飛び立つ
ナースの戴帽式

96才の隣に
33才
不可知なのか
神の物差し
「死亡欄」

友　片乳
胃の全摘
金属関節の膝
五体満足の自分に
気づく　傘寿の会

受精という
生存競争を
制した細胞よ
よくここまで
いとしい命のプロセス

「命って
奇跡なんだね」
大きな目
見開いた
３年生になる孫

父の遺作に
囲まれていると
夜な夜なオーラが出て
絵を描かせたという
弟　二科展大賞

「死」とは
「命」の完成である
後悔しない
一歩一歩を
進められたら

金星

人に酔い
言葉に酔い
酒に酔う
いい人生じゃないか
ビバ米寿

オメデタイ人間
米寿になっても
まだ先に
二つぐらい
大きな良いことが…

男も女も
役者は
一つになって
演じてくれるか
もう幕が開く

212枚…
一枚一枚に
魂の光り
明滅する
ギャラリー

五行歌25年
岩手歌会15年
佐々木エッ子米寿
令和元年は
自分史の金星

氷雨に
散り急ぐ
もみじ
この色気で
経帷子か

小石が
塊になって
心いっぱい…
喋りたいひと言
我慢している

砂浜に
寄せては返す　漣が
津波となるほど
荒れ狂う
バイオリズム

若く物知りの
恋人連れて
訪れてみたい
ボローニア
もう一つの人生があったら

「プロスペロの心境ね」
「いや　タイティニアで」
という人あり
いっそのこと
ジュリエットに戻ろうか

気候変動
生態系の変化
新型ウイルス登場
「終末時計」の
秒針が聞こえる

聴いた事あるよ
今は歌わない
「アオゲバトートトシ
和菓子のオン」
令和の中学生

キスもハグもなく
マスクで怯え
ひっそり待つ
日常の回復
コロナのパンデミック

あんなに簡単に
人が死に
こんなに簡単に
世界が汚染され
中世期に戻ったよう

氷水をかぶった
マントを着たような
寒さ
雪になるか
札幌は暴風雪とか

友の土産の
青一味
ポンシャブに
ぱらり
今宵は熱燗で

時を前倒しする
私が
後戻りしていた
ここ3か月は
異界に行っていた

昨日のことが
今日になり
今日のことが
明日になる
時間が狂い始める

どなた？
煙石です　先生
62才になりました
40年ぶりの再会
コロナ疎開とのこと

100歳近い
梅の古木
鮮やかな苔
紅色に色づく蕾
せめて開花を待とう

深海の難破船

漆黒の海へ
ひとり舟をこぐ
雲間の
弓張月に
こころ射抜かれて

不眠の早朝
動悸はげしく
半日入院
雪道に揺られて帰宅
子の有難さ知る

コロナ3波拡大
鳥インフルエンザ発生
保育士殺人
「はやぶさ2」快挙
2020・12・7

シクラメンの蕾
ツンツンとももいろ
下向きに細長く
牝牛の乳首のようで
艶めかしい

南天を生ける
パラパラと
赤い実
運が逃げて
行くようで　焦る

この冬は
「死」を
全身に感じた
この身が
無になるとは…

恋文書きたい
本を編みたい
宝くじ　夢みたい
外国旅行したい
卒寿まで　一年

笑いさざめく
人々に囲まれて
半世紀余りの日々
今老いて
無言地獄を託つ

「お魚は
たべるのはきらいだけど
みるのはだいすき」
5才テッちゃん
お話できるのね

「羊が一匹」ではダメ
one sheep, …
英語でなければという
どちらも　眠れない
朝になってしまう

胸の奥で
遠い海鳴り
やがて
津波が
来るのだろうか

コロナと
オリンピック
かみ合わない
二つの世界
どんな顔したらいいの

雨のアスファルト
走り抜く
パラアスリート
避けてた気持ち
オマージュになる

夏の雲の
大きな拳　二つ三つ
秋の雲の
透明なベールに挑む
行合いの雲

お友だちは？
アキちゃん
女の子だけど
6才の子にちょっぴり
ジェラシー

若い医師は告げる
不安神経症に
要大動脈弁置換…
おまけに
コツソショウショウ

命の中枢に
時限爆弾
秒針が
速くなったり
遅くなったり

不眠の日つづく
交感神経は
ストンとぎらぎら
何時になったら
白旗あげるのか？

眠らないで
ふらふら
家事もいや
読書もしんどい
いよいよかな？

夜来の雨に
洗われて眩しい
若みどり
産湯を浴びた
赤子のよう

梅も桜も
躑躅も藤も
何も見てない
心の病い
誕生日は　最悪

落ち込んでいるとき
触れる
慈雨のような
善意に
酔いしれる

コロナ拡大地域に
住む娘から
薔薇とカーネーションの
ブーケ届く
そうか「母の日」か

半年に及ぶ
夜の一人芝居
ふと幕が下りた
夢と現実が
逆転した日

「要介護1」
婆ちゃん意識
無かったが
素直に「介護保険」の
恩恵にあずかろう

若い娘が来ると
うれしい
彼氏のこと
結婚のこと
介護の手休めずに

娘たちも
孫たちも来ない
自粛のお盆
部屋を渡る
杖の音

令和3年9月22日
検査入院
病院は　機能的な
空間利用
一夜が過ぎた

カテーテルのチーム
孫みたいな
キリッとした
若いドクターたち
私は　モルモット

空を眺めていたら
ふいに男が現れた
ロミオの窓拭きさん
8階病棟まで？
ここは婆さんばかりだよ

浅葱色の空に
頭でっかちな
クジラ…
瞬く間にプードル
最後は縁日の綿菓子に

令和3年10月18日
再入院…
オーロラが出るか
虹が出るのか
初めての　全身麻酔

カテーテル2時間以内
車椅子で
麻酔から醒めた
終わったよ　息子の声
ああ　生きている

カルキや貝殻をつけて
深海に眠る
難破船のような
クローズアップの
私の弁膜

ドクターチームの
腕前　評判どおり
命　助けてもらった
頭には　無いと思っていた
「未来」がいっぱい

それにしても
オペの直前に
励ましのメールあり
その優しさに感謝
勇気百倍だった

「生体弁」
その生き物の
名は問わないが
人間の命を救った
その骸に　手を合わせたい

術後4日目で退院
城址は
さぞかし紅葉狩り
視線を上げてみる
わが家の錦繍

旨いもの食べて
眠れるだけ寝て
呟きか　雄叫びか
五行にまとめる
このしあわせ

一つひとつ
未来を孕んで
生き物のように
迫ってくる
カレンダーの数字

ばぁばの話し
良く聞いてくれた
18才の孫
「いっ発で大学合格」
良い人生を！

とうとう
卒寿に
煩悩の数
減らずに
卯月20日

満開の桜
暖かい光に包まれ
あの木の根もとで
死にたい…
その気持ち分かる

あと100年ぐらい
生きてみたい
あとの世紀が
平和か　カオスか
見てみたい

4人の孫たちが
そろって
いい男に
成長した姿
見てみたい

跋

草壁焔太

佐々木エツ子さんは、大学で教鞭をとられていた教授だった。専門は英文学、教職を退かれてからだが、五行歌を知られ、書き始めた。理性の世界にいた人が、歌を書くとき、さまざまな困難がある。

歌の世界では感性が主役である。彼女は瑞々しい感性の持ち主で前著『夫恋い』は、亡くなられたご主人への恋歌であった。

まだ理が勝つところもあるが、それも個性である。

彼女は私より六歳ほど上だが、私はなんとなく、同い年のように感じている。女性は平均寿命が長いので、弱り方が五年差があってちょうど同じくらいじゃないかと感じている。

その同い年の女性だから、その感性の行方は大いに気になる。

この歌集では、羨ましいことに、恋歌が出現した。

郵便局のかえり
自転車おりて
微笑んでくれた
その時から
その人との恋が

もう　こんなこと
無いと思っていた
大事に育てよう
おたがいを
高めながら

同い年と思うから、この心の若さと品の良さが、ひそかに自分のことのように嬉しい。私も、自分を高めるようなことをしたいと思う。

哲学的でも
文学的でも
無くなった頭の中は
一面の
浅茅が原

年金が入って
口紅を買った
綺麗なバラ色
せめては
秋の美術館へ行こう

こうした老境の心を描いた歌も、よく伝わる。高齢化の時代と言われるが、高齢者が自分の心をどうするかは、今の高齢者が初めて直面した課題なのである。私たちは、高齢者の心をどうするか。それは、次に続いて来る後輩たちへの贈り物となるだろう。

この歌集で最も衝撃的なのは、「3・11」の災害時の著者の経験と歌であるが、実家の滅びを歌った「青嵐」の凄惨さも、ずしりとくるところがある。彼女の理性と感性は、さすがに、しっかり書き尽くしてもたじろがない。

心臓の手術もして、卒寿も迎えられた。

あと100年ぐらい
生きてみたい
あとの世紀が
平和か　カオスか
見てみたい

私は、この歌を見て嬉しかった。私たちは、どうしても知りたいのだ。見届けたいのだ。同い年の人の、同じ気持ちを感じた。

あとがき

この『歌集』には、突然人生が騒がしくなった私の70代の後半から80代を過ぎ、90歳になるまでの10年近くの出来事や心の動きを、出来事順に編集してあります。「五行歌」の会員になってから、19年目にもなりますが、まだ秀歌らしいものが詠めておりません。本の題を『備忘録』としたのも、そのためです。個性と思ってお読みくださ
い。

太平洋戦争から、78年
3・11から、12年
コロナのパンデミックより、3年余り
ロシアのウクライナ侵攻より1年余り

そして、私自身の出来事は、

実家の家終い、墓終い
第29回五行歌全国大会に、五行歌25年全国巡回展
突然の病気による、大変身

大会と巡回展を除いて、まさに心が折れる事ばかりでした。そして世界は、混迷の曲がり角に喘いでおります。平和を取り戻せるかの瀬戸際だと思います。

3・11で亡くなられた御霊に鎮魂のお祈りをいたしております。罹災された皆様には、物心の復興の歩みが完結なさることを、心より念じております。

最後の「深海の難破船」などが長くなりましたが、かなりの数の歌を残して逝くのも、心残りと気が付き、予断を許さない病状ですが、一日に二時間を割いて並べてみた結果です。お恥ずかしいものですが、思いを共有して頂ければ幸いです。

草壁主宰、三好副主宰、水源純さん、井椎しづくさん、本部の皆さん、ありがとうございました。命を救って頂いた医師の方々、熱心にお世話して下さった河野和子さん、田中嘉津子さんはじめ歌友の皆さん、感謝でいっぱいです。

五行歌の発展と世界の平和を祈りながら。

令和五年　卯月吉日

佐々木エツ子

佐々木エツ子（旧姓　須藤）

1932 年　東京に生まれる。太平洋戦争が激しくなり小 4 で両親の郷里の福島市に疎開し、約 10 年の少女時代をすごす。
1957 年　東北大学文学部英文修士課程修了（MA）、1957 年から 2003 年まで、約半世紀教壇の常勤職を務める。結婚は、1959 年で、1 男 2 女をもうける。
2004 年　草壁主宰の講演を聴き、岩手五行歌会を発会。2006 年に、代表と同人になり今日に至る。盛岡市在住。

著書は、『負の国の住人たち』（1997・シェイクスピア試論・近代文芸社）、『夢のあと、夢のつづき』（2003・エッセイ・熊谷印刷）など。五行歌集は、『夫恋い』（2010・五行歌第 1 集・市井社）がある。趣味は、観劇、茶道など。

五行歌五則［平成二十年九月改定］

一、五行歌は、和歌と古代歌謡に基いて新たに創られた新形式の短詩である。

一、作品は五行からなる。例外として、四行、六行のものも稀に認める。

一、一行は一句を意味する。改行は言葉の区切り、または息の区切りで行う。

一、字数に制約は設けないが、作品に詩歌らしい感じをもたせること。

一、内容などには制約をもうけない。

五行歌とは

五行歌とは、五行で書く歌のことです。万葉集以前の日本人は、自由に歌を書いていました。その古代歌謡にならって、現代の言葉で同じように自由に書いたのが、五行歌です。五行にする理由は、古代でも約半数が五句構成だったためです。

この新形式は、約六十年前に、五行歌の会の主宰、草壁焔太が発想したもので、一九九四年に約三十人で会はスタートしました。五行歌は現代人の各個人の独立した感性、思いを表すのにぴったりの形式であり、誰にも書け、誰にも独自の表現を完成できるものです。

このため、年々会員数は増え、全国に百数十の支部があり、愛好者は五十万人にのぼります。

五行歌の会　https://5gyohka.com/
〒162-0843東京都新宿区市谷田町三—一—九
川辺ビル一階
電話　〇三（三二六七）七六〇七
ファクス　〇三（三二六七）七六九七

そらまめ文庫　さ 2-1
備忘録　MEMORANDUM

2023 年 6 月 25 日　初版第 1 刷発行

著　者　　佐々木エツ子
発行人　　三好清明
発行所　　株式会社 市井社
〒 162-0843
東京都新宿区市谷田町 3-19 川辺ビル 1F
電話　03-3267-7601
https://5gyohka.com/shiseisha/

印刷所　　創栄図書印刷 株式会社
装丁　　しづく

ISBN978-4-88208-201-9